저 물소리를 듣는가,
네
그러면 물소리 속으로 들어가보게,
네…… 그런데…… 어떻게……
물의 비늘을 하나씩 벗겨보게,
벗겼는가………… 그러면 이제 들어가보게………… 거기 세계가 있네, 사랑인 세계가.

바닷가의 작은 집에서
강 은 교

1 어둠이 한 손을 내밀 때

우리가 물이 되어 2

3 그대의 들

우리가 바람 속으로 가서 한 바람으로 흐르는 동안 바람 속에 다른 바람을 부르며 빈 들 모래집을 사라지지 않는 동안 서쪽 하늘이여 수만 번 사라지면서 더욱 정다운 이여 나팔꽃 아래서 들리지 않는 귀는 언제나 들리는 귀가 되고 싶다.

「풍경제」 중에서

1

어둠이 한 손을 내밀 때

풍경제
- 서쪽 하늘

우리가 바람 속으로 가서
한 바람으로 흐르는 동안
바람 속에 다른 바람을 부르며
빈 들 모래집을
사라지지 않는 동안
서쪽 하늘이여
수만 번 사라지면서
더욱 정다운 이여
나팔꽃 아래서
들리지 않는 귀는 언제나
들리는 귀가 되고 싶다.

밤이 오고
한 채의 모래집 그림자를 지우면서
밟고 또 밟아
다시 더 밟을 수 없는 땅 위
사랑하는 자들은 서로
젖은 잎으로 끝없다.

섬
– 어떤 사랑의 비밀 노래

한 섬의 보채는 아픔이
다른 섬의 보채는 아픔에게로 가네.

한 섬의 아픔이 어둠이라면
다른 섬의 아픔은 빛
어둠과 빛은 보이지 않아서
서로 어제는
가장 어여쁜
꿈이라는 집을 지었네.

지었네,
공기는 왜 사이에 흐르는가.
지었네,
바다는 왜 사이에 넘치는가.
우리여 왜,
이를 수 없는가 없는가.

한 섬이 흘리는 눈물이
다른 섬이 흘리는 눈물에게로 가네.

한 섬의 눈물이 불이라면
다른 섬의 눈물은 재灰.

불과 재가 만나서
보이지 않게
빛나며 어제는 가장 따스한
한 바다의 하늘을 꿰매고 있었네.

안개 속에는

안개 속에는
기다리는 남녀와
기다림을 그친 남녀들이 있습니다.

안개 속에는
눈떠가는 남녀와
방금
잠들어가는 남녀들이 있습니다.

이윽고
천천히 섬이 되는 남녀와
이윽고
천천히 물이 되어 춤추는 남녀.

아아

안개 속에는
아직 만나지 않은 남녀와
벌써 이별해 버린 남녀들이

살비아꽃처럼 흐득흐득
대지에 저희
꿈의 씨를 뿌립니다.

숲

나무 하나가 흔들린다
나무 하나가 흔들리면
나무 둘도 흔들린다
나무 둘이 흔들리면
나무 셋도 흔들린다

이렇게 이렇게

나무 하나의 꿈은
나무 둘의 꿈
나무 둘의 꿈은
나무 셋의 꿈

나무 하나가 고개를 젓는다
옆에서
나무 둘도 고개를 젓는다
옆에서
나무 셋도 고개를 젓는다

아무도 없다
아무도 없이
나무들이 흔들리고
고개를 젓는다

이렇게 이렇게
함께

어둠이 한 손을 내밀 때

어둠이 한 손을 내밀 때
내 한 손도 따뜻이
그를 잡는다.

어둠이 한 눈을 찡긋할 때
내 한 눈도 기뻐서
찡긋거린다.

사방 문을 쾅쾅 닫고
서랍을 열면
오늘 따라 유난히 반짝이는
내 보석들.

아버지―
하고 부르면
그래―
곧 달려오는 목소리

어둠이 천천히 창가에 설 때

천천히 그 막막한 손 들여밀 때
그이와 나 빛과 함께
이 세상에 또 한 치 두께로
가라앉을 때

소리 · 4
-신라 처녀 벽녀薜女를 위하여

님이여, 아 멀리 계시는 님이여
허구헌 날 불어대는 저 바람소리처럼
형체도 없으신 님이여
지금쯤 어느 진흙구렁을 지나시기에
어느 산 깊은 그림자에
젖은 옷깃 담그고 계시길래
지새는 밤이면 밤마다
손 닿지 않는 별빛만 보내오시고
동구 밖 시든 풀줄거리엔
무서리 가득가득 던져 놓으시는지
아무도 뵈지 않아라.
훤히 뜬 내 두 눈엔
넘쳐나는 눈물 기어코
눈발되어 쏟아져라.
그날 님과 잘라 가진 반쪽 거울엔
비추이느니 피울음 황혼, 황혼 뿐
지는 달도 반만 번뜩이는데
어찌하리, 여기엔
돌아오지 않는 이름들 너무 많으니

그 이름들 밤이면 무서리로 내려 내려
온 땅 새하얗게 우는 걸 어찌 하리.
님이여, 아 행방불명하신 님이여
허지만 어딘가에서 자꾸 오고 계실 님이여
내일이면 불현듯 눈처럼 달려오셔서
이 내 몸 환히 알아보시라.
밤끝에 해는 더 높이 일어서고 있으니
튼튼한 솔잎 너머 까치 울음소리
오늘 따라 가까이 내려오고 있으니
嘉實가실님, 나의 님이여.

그 여자 · 1

아침이면 머리에
바다를 이고 오는 그 여자.

생굴이요 생굴!
햇빛처럼 외치는 그 여자.

바람 한 점 없어도
일렁이는 주름 그 여자.

손등엔 가득
먹구름 울고 우는 그 여자.

비 언제 올지 몰라……
비 언제 올지 몰라……

늘 파도치는 든든한
엉덩이 그 여자.

어둠보다 빨리
새보다 가벼이

해님하고 같이 걷는
예쁜 예쁜 그 여자.

흰 눈 속으로

여보게, 껴안아야 하네
한 송이 눈이 두 송이 눈을 껴안듯이
한데 안은 눈송이들 펄럭펄럭 허공을 채우듯이

여보게, 껴안아야 하네
한 조각 얼음이 두 조각 얼음을 껴안듯이
한데 안은 얼음들 땅 위에 칭칭 감기듯이
함께 녹아 흐르기 위하여 감기듯이

그리하여 입맞춰야 하네
한 올 별빛이 두 올 별빛에 입맞추듯이
별빛들 밤새도록 쓸쓸한 땅에 입맞추듯이

눈이 쌓이는구나
흰 눈 속으로
한 사람이 길을 만들고 있구나
눈길 하나가 눈길 둘과 입맞추고 있구나

여보게, 오늘은 자네도

눈길 얼음길을 만들어야 하네
쓸쓸한 땅 위에 길을 일으켜야 하네.

벽 속의 편지
- 등불들이

등불들이 켜지네
집들은 입술을 오무리고
길 끝 벼랑 위에 앉아 있네

아직 눈 못 뜨는 불들은
지상의 모든 방 천정에
숨죽여 매달려 있으리라

자기를 켜줄 손을 기다리며.

벽 속의 편지

- 그날

이 세상의 모든 눈물이
이 세상의 모든 흐린 눈들과 헤어지는 날

이 세상의 모든 상처가
이 세상의 모든 곪는 살들과 헤어지는 날

별의 가슴이 어둠의 허리를 껴안는 날
기쁨의 손바닥이 슬픔의 손등을 어루만지는 날

그날을 사랑이라고 하자
사랑이야말로 혁명이라고 하자

그대, 아직
길 위에서 길을 버리지 못하는 이여.

청둥오리
– 낙동강가에서

흐린 하늘 아래 그리로 갔다, 모래 언덕을 지나고 자갈길
을 걸어 막사 안으로 들어갔다, 이마가 쭈글어진 남자와 고
래고래 소리지르는 여자가 우리를 맞았다, 숯불 위에선 청
둥오리가 잘게 잘게 쪼개져 구워지고 있었다, 바다가 보이
는 비닐 창 앞에 앉아 우리는 그 구워지는 살점을 씹었다.

청둥오리가 가냘프게 말했다,
이리로 오세요, 우리가 그대의 입술을 향기롭게 할 거예
요, 날 먹으세요, 날 씹으세요, 불쌍한 나를, 영혼도 없으
며 날개도 없는 나의 이 붉은 살점들을.
불쌍한 나를 씹으세요, 나는 당신의 위장으로 들어
가…… 자, 하나 두울 셋…… 숯불이 활활 타오르는군요,
당신의 피는 아주 달군요, 당신의 살은 아주 나긋나긋해요.

청둥오리의 넓적한 부리가 내게로 다가온다, 부리를 쩍
쩍 벌린다, 나는 달아난다, 헐떡헐떡 달아난다, 당신의 살
은 맛있군요, 당신의 피는 달콤해…… 나긋나긋해…… 타
오르는 불……

오 청둥오리…… 너의 날개에 나를 얹어다오. 너의 날개
가 숯불 위로 날아오르는구나…… 오 불쌍한 나, 날개도 없
는 나,

흐린 하늘 아래.

저물녘의 노래

저물녘에 우리는 가장 다정해진다.
저물녘에 나뭇잎들은 가장 따뜻해지고
저물녘에 물위의 집들은 가장 따뜻한 불을 켜기 시작한다.
저물녘을 걷고 있는 이들이여
저물녘에는 그대의 어머니가 그대를 기다리리라.
저물녘에 그대는 가장 따뜻한 편지 한 장을 들고
저물녘에 그대는 그 편지를 물의 우체국에서 부치리라.
저물녘에는 그림자도 접고
가장 따뜻한 물의 이불을 펴리라.
모든 밤을 끄고
어머니 곁에서.

동백

만약
내가 네게로 가서
문 두드리면.

내 몸에 숨은
봉오리 전부로
흐느끼면.

또는 어느 날
꿈 끝에
네가 내게로 와서

마른 이 살을
비추고
활활 우리 피어나면.

끝나기 전에
아, 모두
잠이기 전에.

산길

그러면 이제 오게
어디 잠없는 꿈이 있으랴

그래 그래 괜찮다
잡풀들이 고개를 끄덕인다
잡풀들이 고개를 끄덕일 땐
잡풀들의 허리도 끄덕인다
뿌리만이 진흙 속에 굳게 박힌 채
끄덕인다
반쯤 깎인 산 전체가
끄덕인다

그래 그래 기다리마
가슴 패인 산에
아무렇게나 솟은 잡풀들이
낮은 고개들을 끄덕인다

어디 꿈없는 잠이 있으랴

그래 그래 괜찮다

그대 이 별에 있다면.

비리데기*의 여행노래
– 3곡 사랑

저 혼자 부는 바람이
찬 머리맡에서 운다.
어디서 가던 길이 끊어졌는지
사람의 손은
빈 거문고 줄로 가득하고
창 밖에는
구슬픈 승냥이 울음소리가
또다시
만리 길을 달려갈 채비를 한다.

시냇가에서 대답하려무나
워이가이너 워이가이너

다음날 더 큰 바다로 가면
청천에 빛나는 저 이슬은
누구의 옷 속에서
다시 자랄 것인가.

사라지는 별들이

찬바람 위에서 운다.
만리 길 밖은
베옷 구기는 소리로 어지럽고
그러나 나는
시냇가에
끝까지 살과 뼈로 살아있다.

* 비리데기 : 무가巫歌에 나오는 인물. 여섯 공주를 둔 왕이 일곱번째 공주를 얻게
되자 홧김에 그 막내딸인 비리데기를 버렸는데, 훗날 자신을 버린 부모가 병이 들어
죽어가자 그녀는 저승의 약수藥水와 불사약不死藥을 구해 그들을 살려냈다는 내용으로
비리데기는 후에 만신萬神의 왕인 무당이 되었다고 한다. 지역에 따라서 바리데기, 바
리 공주 등으로도 불리운다.

마지막 꽃잎도 떨어지고 나면 더 무엇이 살아서 떨어
지겠는가 서쪽 하늘이 열리고 네가 돌아왔다 살아있
는 것 모두 물이 되도록 물 끝에 거품으로 일 때까지
성실한 너는 또다시 오라

「저물 무렵」 중에서

2

우리가 물이 되어

한 조각의 노래

한 조각 구름 속에서
온 구름이 웃어요

한 방울 빗 속에
온 비 방울방울 울며 내려요

한 줌 안개 속에서
저리 가라 저리 가라
목놓아 헤매는 온 안개

길이 없어도
쾅쾅 온 데서 문이 닫혀도

흘러요, 한 줄 내 눈물에
네 온 눈물 강물이

누워 있어요,
초롱꽃 한 실뿌리에
온 산 아픈 뿌리가

우리가 물이 되어

우리가 물이 되어 만난다면
가문 어느 집에선들 좋아하지 않으랴.
우리가 키 큰 나무와 함께 서서
우르르 우르르 비오는 소리로 흐른다면.

흐르고 흘러서 저물녘엔
저 혼자 깊어지는 강물에 누워
죽은 나무뿌리를 적시기도 한다면.
아아, 아직 처녀인
부끄러운 바다에 닿는다면.

그러나 지금 우리는
불로 만나려 한다.
벌써 숯이 된 뼈 하나가
세상에 불타는 것들을 쓰다듬고 있나니

만리 밖에서 기다리는 그대여
저 불 지난 뒤에
흐르는 물로 만나자.

푸시시 푸시시 불꺼지는 소리로 말하면서
올 때는 인적 그친
넓고 깨끗한 하늘로 오라.

사랑법

떠나고 싶은 자
떠나게 하고
잠들고 싶은 자
잠들게 하고
그러고도 남는 시간은
침묵할 것.

또는 꽃에 대하여
또는 하늘에 대하여
또는 무덤에 대하여

서둘지 말 것
침묵할 것.

그대 살 속의
오래 전에 굳은 날개와
흐르지 않는 강물과
누워 있는 누워 있는 구름,
결코 잠 깨지 않는 별을

쉽게 꿈꾸지 말고
쉽게 흐르지 말고
쉽게 꽃피지 말고
그러므로

실눈으로 볼 것
떠나고 싶은 자
홀로 떠나는 모습을
잠들고 싶은 자
홀로 잠드는 모습을

가장 큰 하늘은 언제나
그대 등 뒤에 있다.

저물 무렵

저물 무렵 네가 돌아왔다
서쪽 하늘이 열리고
큰 무덤이 보이고
떠나가는 몇 마리의 새
식구들은 다시 안심한다

곧 이불을 펴리라
지난 해를 다 바쳐 마련한
삼베 이불이
곳곳에서 펴지리라

나는 헌 옷을 벗고
낡은 피는 수챗구멍에 버린다
곁눈질로 우는 피의 기쁨
뒤뜰에선 오랜만에
꽃잎 떨어지는 소리

마지막 꽃잎도 떨어지고 나면
더 무엇이 살아서 떨어지겠는가

서쪽 하늘이 열리고
네가 돌아왔다
살아있는 것 모두
물이 되도록
물 끝에 거품으로 일 때까지
성실한 너는 또다시 오라

물방울의 시

펄럭이네요
한 빛은 어둠에 안겨
한 어둠은 빛에 안겨
지붕 위에서 지붕이
풀 아래서 풀이
일어서네요, 결코
잠들지 않네요

달리네요
한 물방울은 먼 강물에 누워
한 강물은 먼 바다에 누워
거품으로 만나 거품으로
어울려 저흰
잊지 못하네요

이윽고 열리는 곳
바람은 구름 사이 문 사이로 불고
말없이 한 별
허공에 일어나

부르네요
눈뜨라 오 눈뜨라
형제여

스스로의 매장을 꿈꾸는 시편

묻으리, 묻어
모래뻘에나 묻으리,
이 하늘 흘러가는 소리
살肉밑 사각사각
뜬 눈 단풍 눈감는 소리,
귀 눈 코
눈물 핏물
마시리
밤도 없이

아버지도 갔다
기다리는 철도 오지 않는다
길 밖 그 바다엔
언제나 앉아 있는
뒷모양뿐 주인 어둠

날으리, 날아
뵈는 사랑은 뵈지 않는
사랑으로 되옷 입혀

깊숙깊숙
날으리, 빈 밤
날으리, 다정한 지옥

이리로

가을엔 사람들아
이리로 오라
와서 너희들의 씨앗을
거두어라

길은 멀다
옥수수 넘어진 밭그늘까진
아직 한참 가야 한다

바람이 불기 시작한다
드디어 창이 흔들린다
무서워 말라
제 그림자를 결코
무서워 잊지 말라

또다시 아침을 맞고 싶거든
태양을 영영 보내지 않으려거든

이 깊은 뿌리 보아두려거든

이리로
가을엔 사람들아

그대

종로를 걸어가려니
그대가 보인다.
후줄근한 허리춤엔
잿빛 구름 한 겹 넣고
가슴팍에선 여직
핏물 출렁이는
그대가 보인다.

그저께는 이 땅
바람으로 휘휘 불어가시더니,
오늘은 흰 눈에
살점 뚝뚝 떨구시는 이.

그때 長沙장사 모랫벌엔
거품 문 밤들 시끄러웠다,
머리칼 날리며 시시각각
달려드는 수평선 하며
속병들어 뒤채는,
뒤채는 하늘.

오랜만에 한강을 건너려니
그대 또 거기 보인다.
내 밟는 물결마다
눈물 한줌씩 던지며
낙엽 매달린 두 주먹엔
햇빛 움켜들고 서 있는
그대가 보인다.

당신의 손

당신이 내게 손을 내미네
당신의 손은 물결처럼 가벼우네.

당신의 손이 나를 짚어보네.
흐린 구름 앉아 있는
이마의 구석 구석과
안개 뭉게뭉게 흐르는
가슴의 잿빛 사슬들과
언제나 어둠의 젖꼭지 빨아대는
입술의 검은 온도를.

당신의 손은 물결처럼 가볍지만
당신의 손은 산맥처럼 무거우네.
당신의 손은 겨울처럼 차겁지만
당신의 손은 여름처럼 뜨거우네.

당신의 손이 길을 만지니
누워 있는 길이 일어서는 길이 되네.
당신이 슬픔의 살을 만지니

머뭇대는 슬픔의 살이 기쁨의 살이 되네.
아, 당신이 죽음을 만지니
천지에 일어서는 뿌리들의 뼈.

당신이 내게 손을 내미네
물결처럼 가벼운 손을 내미네
산맥처럼 무거운 손을 내미네.

벽 속의 편지
- 언덕

밤길을 헤치며
누가 이리로 오고 있습니다.
허덕허덕 그이
언덕을 오르고 있습니다.

바람 속에서 바람의 범벅이 되어
어둠 속에서 어둠의 범벅이 되어

길이 없어졌습니다.
지쳐 누운 언덕이
보이지 않는 별들을 잡아당깁니다.

풀잎들이 몸부림칩니다.
그림자들이 흐리게 울부짖습니다.

나, 그이를 기다립니다.
바람 속에서 바람의 범벅이 되며
어둠 속에서 어둠의 범벅이 되며

그이의 신발 밑으로
피가 흐릅니다.
허덕허덕
밤길 위로
핏방울, 빨리 떨어집니다.

가을

기쁨을 따라갔네
작은 오두막이었네
슬픔과 둘이 살고 있었네
슬픔이 집을 비울 때는 기쁨이 집을 지킨다고 하였네
어느 하루 찬 바람 불던 날 살짝 가 보았네
작은 마당에는 붉은 감 매달린 나무 한 그루 서성서성 눈물을 줍고 있었고
뒤에 있던 산, 날개를 펴고 있었네

산이 말했네

어서 가보게, 그대의 집으로⋯⋯⋯⋯⋯⋯

천 개의 혀들을 위한 노래
제4곡-금오산

어디서 모르는 이의 울음이 자꾸 들려오고 있다.
그대와 그대가 부르고 있다.
그대와 그대가 그리로 들어간다.
흔들리며, 흔들며
추억과 욕망 뒤섞어 흔들며
따뜻한 뿌리 그림자
젖어서 누운
그곳!
오늘도.

'배고프지 나의 사랑아'

등 뒤에는 장대하게 하늘이 펼쳐져 있고
배들은 떠나려고 긴 마스트들을
허공에 내밀고 있을 때
그가 내게 주춤주춤 손을 내밀었다.
태양은 닿을 수 없이 멀었으나
기다림에 지친 모래들, 방파제 밑에서 주욱주욱 울고 있
었으나
바닷가 얇은 길 속에서
두런두런 사람들은
잘 떨어지지 않는 비닐 방바닥의 머리카락처럼
달아난 시간의 속살들을 엎드려 줍고 있었으나
힐끗힐끗 뭍을 들여다 보며 나는飛 새들

그가 내민 손을 나는 잡았다.

등 뒤에는 장대한 하늘을 꼬옥 물고 있는 구름
눈물을 참고 참아 잔뜩 부은
바람 서넛

'배고프지 나의 사랑아

엎디어라 어서 무릎에 엎디어라' *

추억 속의 당금애기

사랑하는 이를 따라 산을 넘었다
해는 설핏 기울고
적막 가운데로, 사랑하는 이
조약돌 하나 던졌다
조약돌이 풀뿌리에 맞았다
달려오는 벌들을 보아!
어떤 것들은 윙윙 구름을 가리키고
어떤 것들은 윙윙 들꽃들을 가리켰다
풀뿌리들이 산을 잡고 놓아주지 않았다
풀뿌리들이 산을 던졌다

사랑하는 이를 따라 산을 넘었다
적막 가운데로 우리는 화살을 쏘았다
화살에 꿰어진 햇살들이 그림자가 되어 돌아왔다
사랑하는 이, 산을 넘으며
내게 그림자 한 입을 주었다

그림자는 사랑하는 이의 겨드랑에 날개를 달아줄 것이다!

사랑하는 이가 그림자를 쓰다듬었다
나도 그렇게 했다
사랑하는 이가 그림자의 한 귀퉁이를 실처럼 풀었다
나도 그렇게 했다

해는 설핏 기울고

풀뿌리들이 적막으로 가다가 우리를 보았다
우리는 그림자를 화살에 꿰어 계곡에 버렸다
계곡에는 화살에 꿰인 그림자들이 많이 있었다
사랑하는 이는 가버렸다, 나에게 조약돌 하나를 남기고
사랑하는 이는 가버렸다, 나에게 그림자 하나를 남기고
사랑하는 이는 가버렸다, 나에게 화살 하나를 남기고
우리가 잃어버린 매일처럼.

붉은 저녁 너의 무덤가

귀뚜라미 한 마리 걸어오네
너풀거리는 두 개의 더듬이
등에 찰싹 붙어버린
두 개의 날개

붉은 저녁 너의 무덤 가
달이 떴는데

미끄러지지 않는 바람 하나
목에 두르고
미끄러지지 않는 그림자 하나
무릎에 앉혀

– 이제 겨우 풀 하나를 지나갔군

타박타박
붉은 저녁 너의 무덤 가

– 그 풀은 너무 억세었어

- 서로 싸우고 있었어
- 허리를 비비대며
- 글쎄, 싸우고 있었다니까

내 가슴
어둠 겹겹

붙잡고 붙잡네
놓아주지 않네

사랑의 비닐 하나!

진눈깨비가 내리네 속시원히 비도 못 되고 속시원히 눈도 못 된 것 그대여 어두운 세상 천지 하루는 진눈깨비로 부서져 내리다가 잠시 잠시 한숨 내뿜는 풀꽃인 그대여

「진눈깨비」 중에서

3

그대의 들

풀잎

아주 뒷날 부는 바람을
나는 알고 있어요.
아주 뒷날 눈비가
어느 집 창틀을 넘나드는지도.
늦도록 잠이 안와
살[肉] 밖으로 나가 앉는 날이면
어쩌면 그렇게도 어김없이
울며 떠나는 당신들이 보여요.
누런 베수건 거머쥐고
닦아도 닦아도 지지않는 피[血]들 닦으며
아, 하루나 이틀
해저문 하늘을 우러르다 가네요.
알 수 있어요, 우린
땅 속에 다시 눕지 않아도.

자전 · 1

날이 저문다.
먼 곳에서 빈 뜰이 넘어진다.
무한천공無限天空 바람 겹겹이
사람은 혼자 펄럭이고
조금씩 파도치는 거리의 집들
끝까지 남아있는 햇빛 하나가
어딜까 어딜까 도시를 끌고 간다.

날이 저문다.
날마다 우리나라에
아름다운 여자들은 떨어져 쌓인다.
잠 속에서도 빨리빨리 걸으며
침상 밖으로 흩어지는
모래는 끝없고
한 겹씩 벗겨지는 생사生死의
저 캄캄한 수세기數世紀를 향하여
아무도 자기의 살을 감출 수는 없다.

집이 흐느낀다.

날이 저문다.
바람에 갇혀
일평생이 낙과落果처럼 흔들린다.
높은 지붕마다 남몰래
하늘의 넓은 시계소리를 걸어놓으며
광야에 쌓이는
아, 아름다운 모래의 여자들

부서지면서 우리는
가장 긴 그림자를 뒤에 남겼다.

황혼곡조 1번

저문 날은 네가
빈 산 위에 눕는다.
뜰 앞 솔나무에는
아직 하느님의 흰 눈이 쌓이고
1년이나 먼저 새는 새벽
널 기다려
대문 밖에 서성인다.

애인아
천지에 날 어둡는 소리가 들린다.
큰 길이 빨리
빈 산으로 들어간다.
너와 함께
하늘과 땅이 생긴 이야기나 하면서
나도 나라 하나를 떠메고 갈까?

오늘밤은 이른 잠이
벗어논 살 위에 든다.
이제 내가

마신 물 값을 치르고
죽어서 낯 모르는 여자의
무명치마를 입을 차례다.

빈자貧者일기
– 춘향이의 꿈노래

아주 기인 어둠이 날 손짓하고 있네
아주 검은 날개가 시방 날 부르네
등덜미에선 자꾸
부끄런 피들이 멈칫대구
내 가락지 황홀한 가락지
심장을 조이네

아주 큰 손이 나를 껴안고 있네
아주 큰 눈이 내 간장 쓸개 숨구멍을 들여다보네
가슴에선 때없이 슬픈 웃음이
슬픈 기쁨들이 새나구
그렇지 내 꿈 사랑하는 꿈
벌罰이 되어 벌써 떠나구

　어쩔꺼나 어쩔꺼나
　네 울음을 어쩔꺼나
　(날개없는 새들 지저귐)

아 오늘 밤은

피는 꽃 지는 잎이 한데 몸 섞고 있네
아 오늘 밤 꿈은
지는 잎 피는 뿌리 한데 입맞추는 꿈
님은 뵈지 않아
내 거울 조각 거울 혼자 흐느끼며
큰 칼 제 얼굴에 세상빛 주워담아

    목숨은 하나 죽음은 열
    죽음이 열이면
    죽음의 집은 스물 마흔 무한

아주 먼 눈물이 날 출렁이고 있네
아주 오랜 배가 날 자꾸 실어가네
어쩔거나 어쩔거나
새벽은 멀구
내 고름 한 자락 땅 위에 놓치이니
눈물 자국 자국마다 일어서는 누구 발자국 소리

진눈깨비

진눈깨비가 내리네
속시원히 비도 못 되고
속시원히 눈도 못 된 것
부서지며 맴돌며
휘휘 돌아 허공에
자취도 없이 내리네
내 이제껏 뛰어다닌 길들이
서성대는 마음이란 마음들이
올라가도 올라가도
천국은 없어
몸살치는 혼령들이

안개 속에서 안개가 흩날리네
어둠 앞에서 어둠이 흩날리네
그 어둠 허공에서
떠도는 피 한 점 떠도는 살 한 점
주워 던지는 여기
한 떠남이 또 한 떠남을
흐느끼는 여기

진눈깨비가 내리네
속시원히 비도 못 되고
속시원히 눈도 못 된 것
그대여
어두운 세상 천지
하루는 진눈깨비로 부서져 내리다가
잠시 잠시 한숨 내뿜는 풀꽃인 그대여

그대의 들

'왜 나는 조그마한 일에만 분개하는가' 로 시작되는
어느 시인의 말은
수정되어야 하네

하찮은 것들의 피비린내여
하찮은 것들의 위대함이여 평화여

밥알을 흘리곤
밥알을 하나씩 줍듯이

먼지를 흘리곤
먼지를 하나씩 줍듯이

핏방울 하나 하나
그대의 들에선
조심히 주워야 하네

파리처럼 죽는 자에게 영광 있기를!
민들레처럼 시드는 자에게 평화 있기를!

그리고 중얼거려야 하네
사랑에 가득 차서
그대의 들에 울려야 하네

'모래야 나는 얼마큼 적으냐' 대신
모래야 우리는 얼마큼 작으냐
'바람아, 먼지야, 풀아 나는 얼마큼 적으냐' 대신
바람아 먼지야 풀아 우리는 얼마큼 작으냐, 라고

세계의 몸부림들은 얼마나 얼마나 작으냐, 라고.

가을의 서書

나뭇가지에 걸려 있는 여자를
보아라
종이처럼 그 여자 오늘 구겨짐을
보아라
구겨지며 늘 비흐름을
비흐르며 그 여자 길 밖으로 떠나감을
보아라
모든 길 밖에 흐르는 길동무들을
보아라
언제나 싸우고 있는 길의 밤꿈을
보아라
정오엔 많은 바람으로 펄럭이다가
사라지는 그 여자의 꿈 속
모든 가을 길은 멀어서
마지막엔 그대도 보이지 않는 걸

보아라

벽 속의 편지
– 너무 큰 구름떼 속으로

너무 큰 구름떼 속으로
새 한 마리가
날아들어가네
땀에 젖은 지붕이
헐떡이며
새를 쳐다보네

그대는 새인가
너무 큰 구름떼 속으로 날아들어가는.

정오

아마 정오쯤 되었을 것이다.
후덥지근한 바람을 들고
그 전시실 속으로
우리 천천히 걸어들어간 것은

유리 상자 속에는
귀떨어진 주전자, 옥반지, 옥귀걸이,
검은 참빗, 붉은 허리띠…………
벽에 걸린 누우런 상상도 속에서는
갑옷을 입은 한 사내가
우리를 내다보고 있었다.

거기 너의 발도 앉아 있었다.
퍼어렇게 얻어맞은 금신발에
긴 뼈를 집어 넣고 있었다.

아마 정오쯤,
보리수 흰 꽃을 지나
우리 모두 유리 상자 속으로 걸어 들어간 것은.

너를 찾아

― 비리데기,* 가장 일찍 버려진 자이며 가장 깊이 잊혀진
자의 노래

너를 찾아간다
천리사방
바람들이 우수수 닫히고 있다
늑대 한 마리가 허연 이를 내밀고 엎드려 있다
땅 위의 모든 육체들은
제 그림자들을 꺼내어
구름밭에 기대어 있구나
저마다 추억의 거울을 꺼내들고
호호 입김 불며 닦고 있구나
여기, 받쳐들 안개도 없는
여기, 한 개의 추락이 다른 한 개의 추락을 손꼽아 기다
리는
여기!

너를 찾아간다
추락하는 따스한 빛 사이
닫힌 바람들 우수수 일어서고 있을 때

* p.34 비리데기 풀이글 참조.

연애

그대가 밖으로 나가네
등불 하나를 켜네
뒤에서 빗방울이 달려오네

그대를 따라 깊어진 어둠도 밖으로 나가네
문에는 든든한 네 개의 열쇠를 채우고
늙어오는 길과
늙어있는 길을 지나

그대가 밖으로 나가
돌아오지 않네
등불 둘을 켜네
뒤에서 빗방울이 달려오네

이 다정한 물의 死者_{사자}들
자정엔 헛소리를 꺼내드는
아, 이 바닥없는 뭇 잠의 추억들

그대가 밖으로 나가

돌아오지 않네
등불 셋을 켜네

뒤에서 빗방울이 달려오네
그대가 돌아오지 않네

보름달

보름달이 은빛 입술로 기나긴 하늘을 핥고 있는 밤/ 어미 거북이 한 마리, 빈 모래 위에 엎디어 있네/ 그 녀석의 몸뚱이는 폭풍을 기다리는 배 같고/ 그 녀석의 목은 분명 오래된 돛대 같네/ 무언가 떨어지네/ 모래 속으로 빛나며/ 그 녀석의 목이 조금 흔들리는 것 같네/ 알이군, 보름달이군/

서성이는 바람
모래를 떠나지 못하는데

보름달이 은빛 입술로/ 기나긴 하늘을 핥고 있는 밤/ 텅 빈 빌딩과 빌딩 사이 그 어미 거북이 또 엎디어 있네/ 먹구름 같은 제 가슴/ 바람이 밀어대게 두고 있네/ 무언가 빛나는 것이/ 길 위에 떨어지네 길이 잡아당기듯이/ 보름달, 보름달/

아아아앗-
누가 소리 죽여 비명지르네
그 소리 세상을 울리네.

가을의 시

나뭇가지 사이로
잎들이 떠나가네
그림자 하나 눕네

길은 멀어
그대에게 가는 길은 너무 멀어

정거장에는 꽃그림자 하나
네가 나를 지우는 소리
내가 너를 지우는 소리

구름이 따라 나서네
구름의 팔에 안겨 웃는
소리 하나,
소리 둘,
소리 셋,
無限무한,

길은 멀어
그대에게 가는 길은 너무 멀어.

어두워지면

아마
저녁의 햇살에
창백해지며
거기, 너는
오늘도
발발 떨며
서 있으리라
누군가
영혼을 적은 편지 한 통
넣어주기를 기다리며

어두워지면 새들도 몰래 돌아오리니

먼지와 먼지 사이
빌딩과 빌딩
사이
그림자와 그림자
사이

빗방울 둘이

빗방울 둘이
소나무 끝에 매달려 있다
입술 꼬옥 다물고

장수풍뎅이 한 마리
기를 쓰며
빗방울 둘을 연다

……………………

그속으로 포옥 빠진다

포옥포옥 모두 빠진다
매달려, 소나무 끝
또는 바람 끝

그 나무 지금도 거기 있을까 그 나무 지금도 거기 서
서 찬 비 내리면 찬 비 큰 바람 불면 큰 바람 그리 맞
고 있을까 맞다가 제 잎 떨어내고 있을까 저녁이 어두
워진다 문득 길이 켜진다

「그 나무에 부치는 노래」 중에서

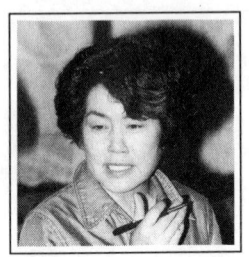

4

그 나무에 부치는 노래

거미 · 2
– 해인사에서

내가 세상에 줄 하나 던지는 것은
은빛, 얇은 줄 하나 던지는 것은
줄 하나 던지고 보이지 않는 한 켠에
응큼하게 웅크리고 있는 것은

모든 날개들은
키 큰 나무 곁에서
실눈 뜨고 있기 때문이다
실눈 뜨고 뜨면서
그림자 하나에 얹혀 올
너의 살 한 점
기다리고 있기 때문이다

우리는 모두
따뜻한 살 한 점
또는 그림자 하나
그립디 그립게
기다리고 있기 때문이다.

황혼곡조 4번

사람이여
네가 가는 길 위에
웬 모래가 이리 많은가.
조금만 귀 기울여도
창 밖에는 살肉을 나르는 바람 소리
동쪽에서 서쪽으로
내 뼈 네 뼈가 불려가는 소리
바다로 가는 소금들의
빠른 발자국도 보인다.
여기가 너무 넓은가.
알지 못할 빛이 많은가.
오늘밤엔 시든 나팔꽃들도
다시 한 번 고개를 들었다 숙이고
나팔꽃 그늘에서 우리는
몇 만 그램의 핏방울을 저울에 달았다.
살아 있지도 죽어 있지도 않은
다만 흐르는 소리뿐인
내 피의 몇 세기,
날이 저물고

저편 하늘에서 기다리던 구름 서넛이
무덤 속으로 들어간다.

빈자貧者일기
- 구걸하는 한 여자를 위한 노래

우리는 언제나 거기서 머리를 조아리고 있었다. 혀와 혀를 불붙게 하며 눈물로 빛과 빛을 싸우게 하며 다정한 고름 고름 속에 오래 서 있은 허리를 무너지게 하며, 황사 날아가는 무덤 가장자리에서.

그곳 천정은 불붙은 태양이었고 바닥은 썩은 이빨의 늪이었다. 싸우는 이마 갈피로 등뼈 갈피 갈피로 언제나 종이 울렸다 식사시간을 알리는 종이. 언제나 종이 울렸다 황혼을 알리는 종이. 언제나 종이 울렸다 임종을 알리는 종이. 그러나 시간은 언제나 그보다 먼저 흘러갔다. 늦은 손목 눈짓 사이에서, 번쩍이는 번쩍이는 허리띠 황금 돛대들 사이에서 흘러가고 돌아오지 않았다.

그래 돌아오지 않았다. 누군가 굳은 피 한 점 던질 때까지, 누군가 쓸데없는 제 죽음 하나 내버릴 때까지, 우리가 헌 그 죽음 입고 검은 종소리 한겹 듣지 않을 때까지.

아아 돌아오지 말라 사랑하라, 그대 아버지가 그대에게 앵기는 독毒, 그대 나라가 그대에게 먹이는 독, 물의 독, 공기의 독, 흙의 독.

다만 우리는 머리를 조아리고 있었다 여기서. 한 고름에 다른 고름을 접붙이며 즐겁게 즐겁게, 할 일은 그 뿐, 구걸하고 시들어 구걸하는 일 뿐, 그러므로 결코 일어서지 않았다, 잠들지도 않은 채.

생자매장

Ⅱ. 물의 무도

한 수레가 간다
뜸뜸이
죄송한 꽃잎 눕는다
부서진 하늘가
잔 돌멩이 속살대는
그림자 사이로
간다, 지는 해
함께 뜨는 해
모두, 혀 빼물고
버큼지어

　와 계신가 와 계신가
　우리 낭군 와 계신가

한 꽃수레 가며 온다
살 데울
여름도 없는 곳

뼈 얼릴
겨울도 없는 곳
그대 또 그대
저물고 저물어
멈추게, 뿌리여
시간이여
수억 헥타르 피血밭
꿈밭에
안녕, 이 말馬머리
끝없어
가고 일만 년
사라지지 않음

눈발

외롭지 않아요, 우린
함께 함께 내려요, 우린

머리칼 죄 뜯긴 나무 위에 풀 위에
몸살 앓는 잔돌 위에 산등성이 위에

쇠꼬챙이 담벼락 위에
비둘기 날개 위에

안녕 안녕 돌아서는 사람들 솟은 어깨 위에
납작 누운 불경기 지붕 위에

호텔 보드라운 창틀 위에
취기오른 불빛 위에

그리고 미사 위에
언제나 언제나 홀로 서 있는 십자가 위에

끝내는 눈물이 되어

눈물이 되어 온 땅
질퍽질퍽 흐느끼게 해요.
함께 함께 흐느끼게 해요.

붉은 강 · 1

가서는 안 옵니다.
그대는 물이 되었는지 또는
그림자가 되었는지
흔적도 없습니다.

뵈지 않는 하늘에다 목매달아
빼곡히 골목골목 어둠이 되어

그래 여긴 사철
눈물이 모래알들을 눕히는지요?

나무란 나무 가지마다
터럭이란 터럭 끝마다
피묻은 그림자 주렁주렁 열리는지요?

그대는 깊디깊은 강
슬픔들이 저녁되어
그 누더기 옷을 벗으니

그대의 온 몸은 빨갛게 물듭니다.
끝에서 다 쓰러진 꿈 하나
비틀거립니다
몰래 춤춥니다.

꽃

지상의 모든
피는 꽃들과
지상의 모든
지는 꽃들과
지상의 모든
보이는 길과
지상의 모든
보이지 않는
길들에게

말해다오
나, 아직 별 위에서 기다리고 있다고.

벽 속의 편지
- 눈을 맞으며

눈을 맞으며 비로소
눈을 생각하듯이
눈을 밟으며 비로소
길을 생각하듯이

그대를 지나서 비로소
그대를 생각하듯이.

빨래너는 여자

햇빛이 '바리움'처럼 쏟아지는 한낮, 한 여자가 빨래를 널고 있다, 그 여자는 위험스레 지붕 끝을 걷고 있다, 런닝 셔츠를 탁탁 털어 허공에 쓰윽 문대기도 한다, 여기서 보니 허공과 그 여자는 무척 가까워 보인다, 그 여자의 일생이 달려와 거기 담요 옆에 펄럭인다, 그 여자가 웃는다, 그 여자의 웃음이 허공을 건너 햇빛을 건너 빨래통에 담겨 있는 우리의 살에 스며든다, 어물거리는 바람, 어물거리는 구름들,

그 여자는 이제 아기 원피스를 넌다. 무용수처럼 발끝을 곧추세워 서서 허공에 탁탁 털어 빨랫줄에 건다. 아기의 울음소리가 멀리서 들려온다. 그 여자의 무용은 끝났다. 그 여자는 뛰어간다. 구름을 들고.

너무 멀리
 - 비리데기,* 가장 일찍 버려진 자이며 가장 깊이 잊혀진
자의 노래

그리움을 놓치고 집으로 돌아오네
열려있는 창은
지나가는 늙은 바람에게 시간을 묻고 있는데
오, 그림자 없는 가슴이여, 기억의 창고여
누구인가 지난 밤 꿈의 사슬을 풀어
저기 창 밖에 걸고 있구나
꿈 속에서 만난 이와
꿈 속에서 만난 거리와
아무리 해도 보이지 않던 한 사람의 얼굴과
그 얼굴의 미세한 떨림과
크고 깊던 언덕들과
깊고 넓던 어둠의 바다를,
어디선가 몰려오는 먹구름 사이로.

너무 멀리 왔는가.
아니다, 아니다, 우리는 한 발짝도 나가지 못했다.
그리움이 저 길 밖에 서 있는 한.

* p.34 비리데기 풀이글 참조

물에는 산들이

- 비리데기,* 가장 일찍 버려진 자이며 가장 깊이 잊혀진 자의 노래

길을 물어물어 갔다, '펌프로리'라고 하였다, 황혼, 나는 펌프질하는 산을 생각했다, 나뭇잎들도 펌프질하고, 길도 펌프질하고, 시간도 펌프질하고…… 산것들은 모두 펌프질하는 그곳, 눈매 붉은 구름이 주위를 두리번거리고 있었다, 풀뿌리들이 느릿느릿 흙을 떠받들며 나오고 있었다,

時針시침들이 모여 달아나는 秒針초침들에게 소리 소리지르고 있었다, '본포로리'라는 팻말이 보였다. 흑두루미 한 마리가 저수지 속 마른 나무 등걸에서 쉬고 있는 중이었다, 흑두루미의 날개가 눈매 붉은 구름을 부드러운 제 깃털 속에 넣고 있었다, 바람이 자꾸 그 속으로 들어가려 하고 있었다,

물에는 산들이 비치고 있었다,(묻것들 중에 그림자 없는 것이 있으랴)…… 산들은 그러면서 물위에 자기를 내려놓고 있었다, 나도 나를 내려놓기로 했다, 점점 산 그림자가 짙어지고 있었다. 아무도 그림자를 막지는 못하리……… 우리는 그림자를 들고 그곳을 떠났다, 흑두루미가 흑두루미의 그림자를 접을 때, 풀뿌리들이 풀뿌리들의 그림자를 접을 때,

너를 사랑한다.

* p.34 비리데기 풀이글 참조

그 나무에 부치는 노래

그 나무 지금도 거기 있을까
그 나무 지금도 거기 서서
찬 비 내리면 찬 비
큰 바람 불면 큰 바람
그리 맞고 있을까
맞다가 제 잎 떨어내고 있을까

저녁이 어두워진다
문득 길이 켜진다

천사의 시선이 머무는 곳

남 진 우(문학평론가)

강은교의 시를 생각할 때마다 떠오르는 이미지가 하나 있다. 그것은 발터 벤야민의 유명한 글「역사철학테제」에 등장하는 천사 이미지이다. 난해하고도 비의적인 그 글에서 벤야민은 파울 클레의 그림「새로운 천사」에 나오는 천사의 모습을 묘사하는 형식을 빌어 역사와 인간의 운명에 대해 숙고하고 있다. 그 천사는 기독교적 전통, 그러니까 그 어떤 고통과 희생에도 불구하고 결국 세상은 신의 섭리에 따라 움직이며 많은 난관에도 불구하고 지상천국은 도래하고 만다는 식의 도식적 설명에서 상당히 이탈하여 벤야민 특유의 신비주의적 역사 이해의 후광을 두르고 있다. 벤야민에 따르면 역사를 주관하는 천사의 얼굴은 과거를 향하고 있으며 쉼없이 잔해 위에 또 잔해를 쌓이게 하는 거대한 파국을 바라보고 있다. 천사는 머물고 싶어하지만 천국으로부터 불어온 폭풍이 '그가 등을 돌리고 있는 미래 쪽으로 그를 간단없이 떠밀고 있으며, 반면 그의 앞에

쌓여가는 잔해의 더미는 하늘까지 치솟아오르고 있다.'

마르크시즘Marxism과 유태적 메시아니즘Messianism을 결합시키고자 한 벤야민의 독특한 사상은 그 이론적 타당성이나 시대적 적실성과 상관없이 그것이 담고 있는 강력한 몰락과 허무와 비애의 파토스로 읽는 사람의 정신을 뒤흔드는 바 있다. 현재진행형으로 계속되는 파국의 재난을 바라보면서도 폭풍에 떠밀려 그로부터 멀어져갈 수밖에 없는 천사의 초상엔 존재의 심연을 관통하는 비극적 세계인식이 들끓고 있으며 그 어떤 완곡어법으로도 위장할 수 없는 삶의 진면목에 대한 통찰이 자리잡고 있다. 삶은 이러저러한 조건이나 이유 때문에 비극적인 것이 아니라 그 자체로 비극적인 것이다. 그런 점에서 강은교의 시는 벤야민의 예지로 가득찬 잠언에 무척 가까이 다가가 있다. 그녀가 시를 통해 우리에게 보여주는 세계는 한결같이 소멸과 상실 그리고 죽음으로 가득차 있다. 비록 벤야민의 잠언이 내장하고 있는 강력한 정치적 상상력의 추동을 받고 있지는 않지만 그녀의 시는 대부분 우리 시대의 묵시록적 풍경화라는 규정이 어색하지 않을 만큼 밀도 높은 몰락과 허무와 비애의 파토스로 채색돼 있다. 그녀의 시에 유난히 황혼 무렵이란 시간대가 자주 애용되는 것 역시 이와 무관하지 않다. 황혼이란 빛의 몰락이자 다가올 어둠의 예고이다. 날이 저물고 주위가 서서히 어둠 속으로 미끄러져가는 순간 사람들은 돌연 자신을 에워싸고 있는 사물들이 그 견고한 현존

111

감을 잃어버리고 무화되어버리는 듯한 느낌을 받게 된다.
일순간에 모든 것이 텅 비어버리고 의미 없는 시간의 잔해
만이 남아 있는 듯한 느낌.

　　날이 저문다.
　　먼 곳에서 빈 뜰이 넘어진다.
　　무한천공 바람 겹겹이
　　사람은 혼자 펄럭이고
　　조금씩 파도치는 거리의 집들
　　끝까지 남아있는 햇빛 하나가
　　어딜까 어딜까 도시를 끌고 간다.

　　　　　　　　　　　　　　　　「자전 · 1」에서

　　저물 무렵 거리에 화자가 서 있다. 화자 주변의 모든 것
이 텅 빈 듯 황량하다. 도시는 분명한 윤곽과 실체성을 상
실하고 지워져간다. 넘어지고 펄럭이고 파도치는 등의 동
적인 움직임조차도 생성의 동인이 되기보다는 소멸을 가속
화시킬 뿐이다. 인용된 연 다음에 이어지는 구절에서도 모
든 것은 떨어지고 흩어지고 부서지는 방향으로 나아간다.
이러한 황혼의 풍경은 당연히 허허로움, 막막함, 스산함 등
의 감정을 불러일으킨다. 이 순간, 번잡했던 대낮이라면 가
능하지 않았을 삶의 근원적 조건에 대한 직관적인 눈뜸이
이루어진다. 시의 마지막 연 '부서지면서 우리는 / 가장 긴

그림자를 뒤에 남겼다'는 단언이 바로 그것이다. 실재가 사라진 자리를 그림자가 대신한다. 날이 저물듯 인간 또한 조만간 소멸할 수밖에 없는 운명을 타고났다. 인간은 모두 고독한 개체이며 각자는 끝없이 '자전'할 따름이다. 이처럼 시인의 명상적 언어는 황혼이란 시간대에서 자신의 내면과 조응하는 처연한 풍경을 찾아낸다.

애인아
천지에 날 어둡는 소리가 들린다.
큰 길이 빨리
빈 산으로 들어간다.
너와 함께
하늘과 땅이 생긴 이야기나 하면서
나도 나라 하나를 떠메고 갈까?

「황혼곡조 1번」에서

저물 무렵 네가 돌아왔다
서쪽 하늘이 열리고
큰 무덤이 보이고
떠나가는 몇 마리의 새
식구들은 다시 안심한다

「저물 무렵」에서

황혼은 빛과 어둠이 엇갈리는 박명의 시간이라는 점에서 '사이'의 시간이다. 황혼 무렵은 빛도 아니고 어둠도 아닌 그 중간의 상태이다. 빛에서 어둠으로 건너가는 일몰의 시간, 빛 혹은 어둠만이 지배하는 시간엔 알아차릴 수 없는 세계의 다른 측면이 그 모습을 드러낸다. 그러나 강은교에게 있어 황혼은 빛과 어둠이란 대립적인 요소가 하나로 섞이는 연금술적 합금의 순간은 아니다. 오히려 밝은 대낮 동안엔 감춰져왔던 존재의 유한성과 지상적 삶의 허무가 그야말로 투명하게 드러나는 순간이다. 그것은 빈 산, 큰 무덤, 서쪽 하늘 같은 죽음과 관련된 이미지로 물들여져 있다. 시인은 황혼 무렵 세계에 미만해 있는 허무의 심연과 조우한다. 하지만 시인은 그 허무를 회피하려 하기보다는 적극적으로 받아들이는 입장에 서있다. 황혼은 이처럼 삶의 무의미성과 세계의 텅빔이라는 존재의 비밀이 가장 적나라하게 드러나는 시간이자 그런 무의미성과 텅빔을 상쇄시켜줄 수 있는 다른 삶, 다른 세계에 대한 희원이 가장 역력하게 표출되는 시간이기도 하다. 삶이란, 그리고 세계란 결국 '잔해 위에 또 잔해를 쌓이게 하는 거대한 파국'에 지나지 않으며 천사는 그 광경을 연민에 가득찬 눈으로 다만 지켜볼 수밖에 없는 운명에 처해 있지만 그럼에도 불구하고 삶은 지속되고 세계는 그런대로 유지되는 것이다. 이 시인에게 있어 삶은, 그리고 세계는 끝없이 생성과 소멸이 되풀이되는 순환과 변전의 연속이다. 아울러 삶과 세계의 근원적 허무에 대한 위험한 눈치챔에도 불구하고 어느 순간 '누군가'가 보내올지도 모를 내밀한 소식에 대한 시인의 기다림은 종식되지 않는다. 모든 인간은 의식하고 있든 그렇지 못하든 한 단계에서 다음 단계로 나아가며 끊임없이 자신으로 하여금 다른 삶을 가능케 해줄 어떤 신호와 대상을 찾고 있다. 그 대상은 엄청난 시공간을 두고 떨어져 있어서 쉽사리 조우할 수 없지만 어떤 예정된 운명에 따라 다시 만나게 되기도 한다. 이처럼 황혼이 의미하는 '사이의 시간'이 확장되어 우주적 차원을 획득할 때 이 시인의 젊은 날을 대표하는 다음 시와 같은 절창이 씌어진다.

우리가 물이 되어 만난다면
가문 어느 집에선들 좋아하지 않으랴.
우리가 키 큰 나무와 함께 서서
우르르 우르르 비오는 소리로 흐른다면.

흐르고 흘러서 저물녘엔
저 혼자 깊어지는 강물에 누워
죽은 나무뿌리를 적시기도 한다면.
아아, 아직 처녀인
부끄러운 바다에 닿는다면.

그러나 지금 우리는

불로 만나려 한다.
벌써 숯이 된 뼈 하나가
세상에 불타는 것들을 쓰다듬고 있나니

만리 밖에서 기다리는 그대여
저 불 지난 뒤에
흐르는 물로 만나자.

푸시시 푸시시 불꺼지는 소리로 말하면서
올 때는 인적 그친
넓고 깨끗한 하늘로 오라.

「우리가 물이 되어」 전문

  위 시는 남녀간의 만남과 사랑을 물과 불이라는 대립되
는 원형적 이미지에 실어 적절히 형상화한 작품이다. 여기
서 주목해야 할 것은 이 시의 화자에게 남녀간의 만남과 사
랑은 유한한 존재가 유한한 시간 동안 행하는 것이라기보
다는 시간과 공간을 초월해서 그 모습과 형식을 달리해가
며 계속되는 것으로 이해되고 있다는 점이다. 그 만남과 사
랑은 한 개체의 생물학적 수명과 정체성에 종속된 것이 아
니라 영원을 향해 열려 있는 초개인적인 삶의 원리에 근접
해 있다. 위 시의 화자는 하나의 우주가 만들어졌다 부서지
고 다른 우주가 다시 만들어지는 그런 거대한 시공간을 배

경으로 삼는 영속적인 사랑을 노래하고 있다. 그것은 '가문'이란 어휘가 암시하는 시간적 유구함에서도 단적으로 드러나지만 '키 큰 나무'나 '만리 밖에서 기다리는 그대'라는 표현이 말해주는 물리적 길이와 공간적 거리가 함축하고 있는 의미이기도 하다. '우리'가 만나는 것은 지금 이곳에서 이루어지는 일회적인 사건이 아니라 연년세세, 나아가 생을 바꿔가면서 지속되는 숙명적인 과업이다.

앞의 시에서 화자는 하나의 주기가 마감되고 다른 하나의 주기가 시작되기 직전, 그 '시간의 사이'에 서있다. 즉 물의 주기가 끝나고 다시 불의 주기가 다가오기 직전의 시간의 저물녘에 위치해 있다. 그 '시간의 사이'에서 화자는 가장 바람직한 만남의 방식을 기획한다. 여기서 물과 불은 모두 물질의 원초 형태, 근원적 질료이면서 각기 생성과 파괴, 풍요와 불모, 남성성과 여성성을 상징한다. 물이 부드럽다면 불은 사나우며, 하나가 온화함을 나타낸다면 다른 하나는 격정적인 특질을 지니고 있다. 물과 불의 대립은 '우르르 우르르'와 '푸시시 푸시시'라는 유성음과 파열음의 음운론적 대립으로 연장된다. 물로 만나는 것이 '가문 어느 집에선들 좋아하지 않으랴'라는 구절이 말해주듯 즐거운 유희와 친화의 성격을 띠고 있다면 불로 만나는 것은 '벌써 숯이 된 뼈 하나가 / 세상에 불타는 것들을 쓰다듬고 있나니'라는 구절이 말해주듯 엄숙하고 비장한 분위기를 거느리고 있다. 물은 하늘에서 비로 내려 강물을 따라 흐르다 바다에 닿는 여정을 따른다. 그 물은 '죽은 나무뿌리를 적시'는 신생의 물, 생명수이며 '부끄러운 바다'가 의미하는 존재의 원천으로 회귀하는 물이다. 화자는 바다를 가리켜 '아직 처녀'라고 했지만 사실 바다는 언제나 처녀이다. 영원한 처녀인 바다는 무염수태無染受胎를 통해 무한한 생명체를 생산해낸다. 이러한 물의 만남 저편에 불의 만남이 있다. 그것은 '숯이 된 뼈'라는 구절이 의미하듯 고통스러운 희생을 요구하는 지난한 여정이다. 하여 화자는 '저 불 지난 뒤에 / 흐르는 물로 만나자'라고 권유하는 것이다. 하지만 물로 만나거나 불로 만나는 것이 한 개인의 힘으로 결정될 수 있는 선택적 사항인 것은 아니다. 세상이 존재하고 생명이 존속하는 한 개개인은 물과 불의 연옥을 통과하며 즐거워하고 괴로워하는 것을 그만둘 수 없기 때문이다. 화자는 시의 말미에서 미지의 연인을 향해 앞으로 '올 때는 인적 그친 / 넓고 깨끗한 하늘로 오라'고 하고 있지만 하늘이 아닌 지상에서 살 수밖에 없는 인간들에게 완전한 초월은 가능하지 않은 것이다. 지상의 육신은 다음 시에서처럼 모였다가 흩어지고 올라갔다 내려오고 나타났다 사라지는 윤회를 되풀이할 수밖에 없다.

사람이여
네가 가는 길 위에
웬 모래가 이리 많은가.
조금만 귀 기울여도

창 밖에는 살을 나르는 바람 소리
동쪽에서 서쪽으로
내 뼈 네 뼈가 불려가는 소리

「황혼곡조 4번」에서

이 시인의 시에 자주 등장하는 육신의 해체와 피, 살, 뼈
같은 이미지들은 우주의 생성 변화 소멸에 대한 민감한 인
식의 소산이다. 시간의 풍화작용은 모든 대상을 침식, 분
해, 마멸시킨다. 인간의 육신을 비롯해 모든 것이 실체감을
잃고 생성과 소멸이라는 거대한 우주적 춤에 휘말린다. 자
신의 삶과 세계를 구성하고 있는 모든 것이 환영에 불과하
다는 생각은 시인으로 하여금 다음처럼 세상 만사에 다 달
관한 듯한 잠언풍의 시를 쓰게 하기도 하고,

떠나고 싶은 자
떠나게 하고
잠들고 싶은 자
잠들게 하고
그러고도 남는 시간은
침묵할 것.

「사랑법」에서

다음처럼 현실세계에 대한 암울한 인식을 알레고리 형식
으로 제시하게 하기도 한다.

우리는 언제나 거기서 머리를 조아리고 있었다. 혀와 혀를 불붙게 하며 눈물로 빛과 빛을 싸우게 하며 다정한 고름 고름 속에 오래 서 있은 허리를 무너지게 하며, 황사 날아가는 무덤 가장자리에서.

「빈자일기」에서

시인은 이 세상이란 '다정한 지옥'에서 '스스로의 매장을 꿈' 꾼다. 그러나 이것이 절망의 극한으로의 함몰로 이어지지는 않는다. 오히려 그녀는 삶을 긍정하고 타인과의 유대를 소중히 하는 방향으로 나아간다. 소멸의 허무 대신 그녀가 발견한 것은 지상에서 살아나가는 일의 소중함과 자신과 타인이 전혀 별개의 존재가 아니라 운명공동체로 한데 묶여 있다는 점이다.

이 시인의 시세계가 이렇게 초기시의 울림과는 다른 빛깔을 띠게 된 데에는 여러가지 이유가 있을 것이다. 육체적 병으로 죽을 고비를 넘기고 살아난 개인적 체험도 작용했을 것이고 시인이 몸담고 통과해온 80년대 정치, 사회, 문화적 분위기도 일조했을 것이다. 그리고 시인의 연륜이 더해감에 따라 삶의 이면을 보다 넉넉한 관점에서 바라볼 수 있게 된 것인지도 모른다. 여하튼 한가지 확실한 것은 지상에서의 삶이 나 혼자만의 고독한 순례가 아니라 여럿이 함께 가는 길이라는 사실에 대한 깨달음이 폭넓게 자리하게 됐다는 점이다.

나무 하나가 흔들린다
나무 하나가 흔들리면
나무 둘도 흔들린다
나무 둘이 흔들리면
나무 셋도 흔들린다

이렇게 이렇게

나무 하나의 꿈은
나무 둘의 꿈
나무 둘의 꿈은
나무 셋의 꿈

「숲」에서

나무 하나의 꿈이 나무 둘의 꿈이 되고 나무 둘의 꿈이 나무 셋의 꿈이 되는 증식의 기적은 개별자들이 서로 자아의 한계 밖으로 나와 함께 어울려 살 수 있다는 희망과 연결된다.

그것은 이 시인의 초기시를 특징지웠던 비의적 서정시에서는 찾아볼 수 없었던 새로운 인식소가 아닐 수 없다. 이러한 전언은 이 시인 특유의 원환적 세계인식과 맞물려 일자—者에서 다수가 나오고 그 다수가 다시 일자로 돌아가는 순환을 가능케 한다.

한 조각 구름 속에서
온 구름이 웃어요

한 방울 빗 속에
온 비 방울방울 울며 내려요

한 줌 안개 속에서
저리 가라 저리 가라
목놓아 헤매는 온 안개

「한 조각의 노래」에서

하나 속에 모든 것이 있고 모든 것은 하나로 통합된다.
이것은 비단 구름이나 비, 안개 같은 자연 현상에만 그치는
것이 아니라 사회역사적 현상에도 적용된다. '한 줄 내 눈
물에 / 네 온 눈물 강물이' 누워 있고 '초롱꽃 한 실뿌리에
/ 온 산 아픈 뿌리가' 연결돼 있다. 삼라만상은 이렇듯 긴
밀한 행복과 고통의 그물망을 형성하고 있다. 그래서 어느
한 부분만 건드려도 전체에 충격파가 번지는 것이다.
　이처럼 현상적인 분열과 갈등 너머에 이를 통합하는 일
원적인 힘이 있다는 시인의 생각은 황혼 이미지에도 변화
를 가져오기에 이른다. 시인은 이제 황혼이 몰고 오는 어둠
을 거부하지 않고 있는 그대로 수용하는 자세를 취한다.
'어둠이 천천히 창가에 설 때 / 천천히 그 막막한 손 들여

밀 때'(「어둠이 한 손을 내밀 때」) 화자도 손을 내밀어 '따뜻이 / 그를 잡는다.' 어둠이 몰고 오는 미지의 시간을 화자는 공포의 감정이 아니라 동류 의식에 바탕을 둔 친밀감을 갖고 영접한다. 다음 시는 황혼이 시인의 무의식 속에서 다사롭고 부드러운 모성성의 상징으로 자리잡고 있음을 여실히 드러내주고 있다.

저물녘에 우리는 가장 다정해진다.
저물녘에 나뭇잎들은 가장 따뜻해지고
저물녘에 물위의 집들은 가장 따뜻한 불을 켜기 시작한다.
저물녘을 걷고 있는 이들이여
저물녘에는 그대의 어머니가 그대를 기다리리라.

　　　　　　　　　　　　　　　　　「저물녘의 노래」에서

위 시에서 황혼은 따스한 요나적 공간으로 출현하고 있다. 이제 황혼은 하루의 수고로운 노동이 종말을 고하고 위로와 안식이 깃드는 시간으로 인식되고 있다. 황혼과 더불어 휴식이 찾아오는 것이다. 이는 시인의 초기시에 나타났던, 몰락과 허무와 비애의 파토스에 침윤된 황혼 이미지와 비교해보면 상당한 변화가 아닐 수 없다. 이러한 황혼은 일상적이고 공식적인 낮이라는 시간대가 허용하지 않는 영혼과 영혼간의 내밀한 친교에 대한 갈망을 더욱 자극한다. 그래서 시인은 황혼 무렵 다음과 같이 말하는지도 모른다.

아마
저녁의 햇살에
창백해지며
거기, 너는
오늘도
발발 떨며
서 있으리라
누군가
영혼을 적은 편지 한 통
넣어주기를 기다리며

어두워지면 새들도 몰래 돌아오리니

먼지와 먼지 사이
빌딩과 빌딩
사이
그림자와 그림자
사이

「어두워지면」전문

　화자는 지금 '사이'에 위치해 있다. 그것은 '저녁의 햇
살'이 말해주듯 황혼이란 시간의 사이인 동시에 '먼지와
먼지' '빌딩과 빌딩' '그림자와 그림자'가 의미하는 공간

의 사이이기도 하다. 그 사이에서 화자는 알 수 없는 '누군가'가 보내줄지도 모를 소식, 즉 '영혼을 적은 편지 한 통'을 기다리고 있다. 그 편지는 어쩌면 「우리가 물이 되어」에서 화자가 오랜 시간이 흐른 후 만나자고 했던 미지의 연인이 전해주는 소식일 것이며 삶을 에워싸고 있는 궁핍한 조건에도 불구하고 그것을 계속하게 해주는 희망을 담고 있는 것일 것이다. 다시 발터 벤야민의 말을 빌리자면 우리에게 희망이 주어지는 것은 오직 희망이 없는 자들을 위해서인지도 모른다. 그러나 그 희망마저 없다면 우리의 삶은 얼마나 쓸쓸할 것인가.

세계가 서서히 어둠 속으로 잠겨드는 황혼녘, 천사 한 명이 사람들 주위를 배회하며 그들의 고단한 일상과 꿈을 엿듣고 있다. 처음 그 천사는 잔해 위에 또 잔해가 쌓이는 몰락의 현장을 지켜보며 이를 묵시록적 풍경화에 담아냈지만 지금은 훨씬 따뜻하고 연민에 찬 시선으로 이를 지켜보고 있다. 그 천사의 시선이 머무는 곳마다 작은 사랑의 드라마가 펼쳐진다.
　소나무 끝에 매달린 빗방울과 장수풍뎅이가 연출하는 아름다우면서도 위태로운 사랑의 풍경을 보라. 물의 주기와 불의 주기라는 영겁의 세월을 두고 이루어지는 사랑도 장엄해 보이지만 하찮은 존재들간의 이런 아기자기한 만남도 나름대로 뜻깊지 않겠는가. *

빗방울 둘이
소나무 끝에 매달려 있다
입술 꼬옥 다물고

장수풍뎅이 한 마리
기를 쓰며
빗방울 둘을 연다

…………………

그속으로 포옥 빠진다

포옥포옥 모두 빠진다
매달려, 소나무 끝
또는 바람 끝

「빗방울 둘이」전문

사랑비늘

초판인쇄 · 1998년 3월 2일
초판발행 · 1998년 3월 9일

지은이 · 강은교
펴낸이 · 최정헌
펴낸곳 · 좋은날
주소 · 서울시 서대문구 충정로 3가 8-5호 동아 아트 1층
전화번호 · 392-2588~9
팩시밀리 · 313-0104

등록일자 · 1995년 12월 9일
등록번호 · 제 13-444호